شعار الجرذان

قصة خيالية

إعداد وتحرير: رأفت علام

مكتبة المشرق الإلكترونية

صدر في مايو ٢٠٢٠ عن مكتبة المشرق الإلكترونية ــ مصر

ISBN: 9780463408421

الفصل الأول

"يبدو أن لدينا جرذا هنا.."

انزعج (مهيب) في شدة، عندما نطقت زوجته هذه العبارة، وتخلى عن الساعة الإلكترونية الدقيقة، التي ينهمك في إصلاحها، والتفت إليها مرددًا في مزيج من الدهشة والاستنكار:

- جرذ؟!

لم يكن يزعجه شيء، بقدر ما تزعجه الجرذان، فهو لا يشعر بالاشمئزاز منها فحسب، وإنما يخشى عبثها بآلاته الدقيقة أيضًا، التي يتركها عادة على سطح مكتبه، حتى ينتهي من إصلاح أو تصميم واحدة من الآلآت الإليكترونية بالغة الدقة، التي يعشقها..

كان يحمل شهادة هندسية متخصصة في الإليكترونيات، وكان يجد لذته في التعامل مع هذه الآلات الدقيقة، والتفوق عليها، حتى لقد بلغت شهرته الآفاق في هذا المجال، وراح الجميع يلجئون إليه، لإصلاح موجه آلي، أو جهاز تحكم صغير.. أو خلافهما..

واتخذ (مهيب) لنفسه حجرة منعزلة، من حجرات الفيلا القديمة، التي يسكنها منذ كان طفلًا، وجعل منها معملًا خاصًا له، يحظر دخولها إلا على زوجته، التي تقوم بتنظيفها مرة واحدة كل أسبوع، وهي تحرص على عدم الاقتراب من مكتبه الخاص، حيث يضع آلاته..

ولهذا كان من المزعج للغاية أن تخبره زوجته بوجود جرذ في معمله الخاص، ولهذا أيضًا وجد نفسه يسألها في عصبية:

- وكيف علمت بوجود هذا الجرذ؟

أشارت زوجته إلى الركن السفلي لباب المعمل، وهي تقول:

- لقد قرض جزءًا من الباب.

تطلع إلى حيث تشير، ولاحظ تلك الفجوة الصغيرة، التي بدت له شديدة الانتظام، على نحو مثير للدهشة، فعقد حاجبيه، مكررًا:

- جرذ؟!

ثم نهض من خلف مكتبه، وانحنى عند ركن الباب، يفحص الفجوة في اهتمام أكثر..

كانت منتظمة بالفعل، على هيئة نصف دائرة، ذات حواف سوداء ناعمة، جعلته يغمغم للمرة الثالثة:

- جرذ؟!

ثم استطرد في توتر:

- ناوليني العدسة الكبيرة.

التقطت زوجته العدسة، من بين أدواته في حرص، وناولته إياها، ووضعها هو على عينيه وعاد يفحص الفجوة في قلق..

- نعم.. إنها شديدة الانتظام، حتى ليستحيل أن يصنعها حيوان بدائي كالجرذ، ثم إن أطرافها محترقة، و...

توقفت أفكاره عند هذه النقطة، ونهض يعيد العدسة إلى موضعها، ويقول لزوجته في صرامة:

- اتركيني وحدي الآن.

تطلعت إليه في دهشة، وقالت معترضة:

- المعمل يحتاج إلى تنظيف جيد.. ألست ترى أن بقايا الشطائر، التي تلقيها حولك في إهمال، هي التي جلبت هذا الجرذ؟

دفعها أمامه، وهو يقول في عصبية:

- ربما، ولكنني أريد أن أبقى وحدي الآن.

صاحت ساخطة:

- حسنا.. ابحث إذن عمن ينظف وكرك هذا.

انصرفت محنقة، في حين أغلق هو الباب خلفها في إحكام، ثم أسرع إلى مكتبه، وفتح درجًا سريًا فيه، ولم يكد يلقى نظرة على محتوياته، حتى تنهد في ارتياح، وقال:

- حمدا لله.. إنها هنا.

أعاد الدرج إلى موضعه، والتقط هاتفه، وضغط أزرار رقم خاص، وانتظر حتى أتاه صوت محدثه من الطرف الآخر، فقال:

- صباح الخير يا (خالد).. هناك أمر عجيب يحدث هنا.

هتف (خالد):

- هل سرقوا اختراعك؟

أجابه (مهيب) في توتر:

- لا، ولكنني أظنهم يحاولون.

قال (خالد) في سرعة:

- سآتي إليك على الفور.

أنهى المحادثة في سرعة، وأدرك (مهيب) أنه سيستقل سيارته، ويهرع إليه على الفور، فأعاد هاتفه إلى موضعه في بطئ، وسبح عقله في ذكريات قريبة..

كان عشقه للإليكترونيات الدقيقة، ودراسته لها، قد امتزجا في عقله المتفوق، وأنجبا اختراعًا جديدًا..
ساعة إليكترونية حديثة، لا تحتاج إلى أية طاقة محركة، وإنما تستمد طاقتها من نبض معصم من يرتديها..
ولقد تسرع بعرض الفكرة على بعض أقرانه، في لحظة غلبه فيها الزهو بنفسه، فنقلها أحدهم إلى وكيل إحدى شركات الساعات العالمية، وراح هذا الوكيل يلح عليه لشراء اختراعه، ولكنه رفض رفضًا باتًا، معلنًا أنه لن يهب اختراعه هذا إلا لوطنه فقط..
ومنذ ذلك الحين، يراود الخوف من محاولة هذه الشركة الأجنبية بسرقة اختراعه..
ومنذ ذلك الحين أيضًا، يخفي الساعة في الدرج السري، المختفي في مكتبه، حتى ينتهي من صنعها، ويعلن كشفه على الملأ..
تحسس موضع الدرج السري مرة أخرى، وكأنما يطمئن على وجود الساعة، ثم التفت إلى الفجوة المنتظمة في ركن الباب السفلي، وغمغم:
- ترى ما الذي يحاولونه بالضبط؟
شرد بأفكاره لحظات، حتى سمع طرقًا على الباب الآخر للحجرة، الذي يقوده إلى الحديقة، فأسرع يفتحه قائلًا:
- صباح الخير يا (خالد).. كنت أعلم أن ستتصل على الفور.
صافحه (خالد) في لهفة، ثم سأله:
- ما الذي أثار شكوكك؟.. ما الذي فعلوه هذه المرة؟
أشار (مهيب) إلى الفجوة، قائلًا:
- هذا ما فعلوه.
عقد (خالد) حاجبيه، وهو يتطلع إلى الفجوة، وقال في دهشة تحمل رنة قلق:
- ما معنى هذا؟
ناوله (مهيب) عدسته، وهو يقول في عصبية:
- افحصها يا (خالد).
تناول (خالد) العدسة، وانحنى يفحص الفجوة المنتظمة في اهتمام بالغ، ثم اعتدل قائلًا:
- ما الذي تظنهم يحاولونه؟
أجابه (مهيب) في حدة:
- سرقة الاختراع بالتأكيد.

نهض (خالد) قائلًا:
- بوساطة هذه الفجوة؟!
هز (مهيب) كتفيه، وقال:
- من يدري إلى أية وسيلة سيلجأون؟
لم يبد الاقتناع على وجه (خالد)، الذي راح ينقل عينيه بين بابي الحجرة، قبل أن يقول:
- يبدو أنه علينا أن نبحث عن تفسير آخر يا (مهيب).
قال (مهيب) في عصبية:
- ولماذا؟
أشار (خالد) إلى الباب المؤدي إلى الحديقة، وقال:
- لأنه ليس من المنطقي أن يتجاهل أي مقتحم هذا الباب، الذي لا يقود إلا إلى حديقة صغيرة، يمكنه أن يختفي فيها، وهو يؤدي عمله، دون أن يشعر به أحد، ويخاطر بدخول الفيلا، وعبور ردهتها كلها، للوصول إلى الباب الآخر.
كان التفسير منطقيًا للغاية، حتى أن (مهيب) قد شعر بالارتباك، فغمغم:
- من تظنه فعل هذا إذن؟
تطلع (خالد) إلى الفجوة في حيرة، وهز رأسه، قائلًا:
- لست أدري.. ربما..
قاطعه (مهيب) في عصبية وتوتر:
- لا تقل لي إنها الجرذان، كما تقول زوجتي.
اتسعت عينا (خالد) في ارتياع مباغت، وهتف:
- الجرذان؟!.. يا إلهي!!
ارتفع حاجبا (مهيب) في دهشة، لم تلبث أن انقلبت إلى قلق عارم، وهو يسأل صديقه:
- ما الذي أثار ذعرك إلى هذ الحد؟
هتف به (خالد):
- ألم تقرأ صحف الصباح؟
تضاعف قلق (مهيب)، وهو يجيب:
- لا.. لم أفعل بعد.. لماذا؟
ازدرد (خالد) لعابه، وكأنما يحاول التغلب على انفعاله، وقال:

- هناك خبر صغير، يتحدث عن عالم أمريكي، يجري أبحاثًا مشتركة مع أحد علمائنا، في المركز القومي للبحوث، حول تنمية ذكاء الجرذان، وتدريبها على القيام بأعمال خاصة، تفيد الجهات العسكرية.

سأله (مهيب) في حيرة:

- وما الذي يعنيه هذا؟

تابع (خالد)، وكأنه لم يسمع تعليق صديقه:

- وقد نجح العالمان في تنمية ذكاء الجرذان إلى درجة كبيرة، ودرباها على استخدام أسلحة ليزر صغيرة، والتسلل إلى مركز الأعداء ومخازن ذخيرتهم، و...

قاطعه (مهيب) في توتر وقلة صبر:

- وما صلة هذا بموقفنا؟

ازدرد (خالد) لعابه في صعوبة، وقال:

- باختصار صارت هذه الجرذان أشبه بكتيبة انتحارية صغيرة، و...

لم يطق (مهيب) صبرًا، وهتف:

- وماذا؟

تطلع إليه (خالد) في قلق واضح، وأجاب:

- ومع غروب شمس أمس، حدث ما لم يتوقعه أحد.

وارتجف صوته، وهو يستطرد:

- هربت الجرذان.

عندئذ أدرك (مهيب) ما يعنيه صديق عمره..

- وارتجف..

❀ ❀ ❀

وراح عقله يرسم صورة منطقية لهذه الفكرة العجيبة، ويتصور هذه الجرذان، وهي تنتج جيلًا من الجرذان المتطورة، القادرة على التسلل إلى المفاعلات النووية، ومراكز الذخيرة، وتفجيرها، أو تهديد العالم بذلك.. إنها حرب جديدة..

حرب بين البشر والجرذان..

ارتاع من مجرد الفكرة، وعاد يحدق في الفجوة برعب، ثم لم يلبث أن استدار إلى مكتبه، وراح يفتح أدراجه في قلق، ويفحص ما لديه من أدوات، وهوى قلبه بين ضلوعه..

لقد تحققت مخاوفه..

لقد اختفت دائرة من دوائر السيليكون الدقيقة..

لقد سرقت الجرذان أول قطعة، في السلاح الجديد..

أغلق أدراج مكتبه، وراح قلبه ينبض في عنف..

لماذا وقع اختيارهم عليه؟..

لماذا انتقوه من بين بني البشر؟..

هل يعلمون أنه يحتفظ بمثل هذه الأشياء؟..

هل يدركون مهارته في التعامل مع الإليكترونيات الدقيقة؟..

أم هو القدر..؟

القدر الذي قادهم إليه بالذات؛ لأنه خير من يواجههم، وينقذ العالم من خطتهم الجهنمية..

نعم.. سيواجههم..

سيشعل الحرب بينه وبينهم..

وبكل ما ملأ نفسه من الحماس، اندفع إلى حيث زوجته، وسألها في انفعال:

- كيف تصطادون الجرذان؟

حدقت في وجهه بدهشة، وخيل إليها أنه قد أصيب بالجنون، إلا أنها آثرت اتقاء ثورته، التي تنتابه عندما تعارضه، وهو يمر بحالة غضب أو حماس، فأجابت في حذر:

- ضع مصيدة فئران.

سألها في اهتمام:

- وما مصيدة الجرذان هذه؟

ضحكت قائلة:

- عجبًا!!.. كل هذه العبقرية، وتجهل ما هي مصيدة الجرذان؟.. إنها عبارة عن قفص من الأسلاك، له باب يتحرك في اتجاه واحد، توضع داخله قطعة

الفصل الثاني

"مستحيل"!!

ردد (مهيب) هذه الكلمة في أعماقه ألف مرة، وهو يتطلع إلى الفجوة المنتظمة، بعد انصراف (خالد)..

ولم ينجح عقله في الاقتناع بالأمر أبدًا..

مستحيل أن يكون هذا المتسلل مجرد جرذ...!!

مستحيل..!!

دار الأمر في ذهنه عشرات المرات، ثم التقط عدسته في عصبية، وانحنى يفحص الفجوة مرة أخرة..

فجوة منتظمة، محترقة الأطراف..

ما الذي يمكنه أن يصنع مثل هذه الفجوة؟..

قفز الجواب إلى ذهنه، وارتجف له قلبه..

نعم.. إنها أشعة الليزر..

فئران مزودة بمدافع ليزر صغيرة..

حاول أن يتخيل الجرذان، وهي تحمل أسلحتها الصغيرة، وتطلقها على الباب، إلا أن المشهد بدا له أشبه برسم هزلي، من رسوم الكارتون فهز رأسه ينفضه عنه، وعاد يكرر:

- مستحيل!

إلا أن الفكرة ــ على الرغم من غرابتها ــ لم تفارق ذهنه، بل راحت تلح عليه في إصرار عجيب، جعله يتمتم في خفوت، وكأنما يتحدث إلى نفسه:

- ولماذا تسلل هذه الجرذان إلى معملي؟.. ما الذي تبحث عنه؟

طافت بذهنه صورة العدد والأدوات الإليكترونية الدقيقة، التي يمتلكها في معمله، وقفزت إلى ذهنه فكرة مخيفة، جعلته يغمغم:

- أمن الممكن أن...؟

لم يستطع إتمام جملته..

كانت الفكرة مخيفة وخيالية للغاية..

ربما كانت هذه الجرذان الذكية تسعى لصنع سلاح إليكتروني قوي..

سلاح يمنحها القدرة على الدفاع عن أنفسها ضد البشر، أو...

أو السيطرة عليهم..

من الجبن؛ لجذب الجرذان، وعندما يدخل الجرذ إلى المصيدة، يغلق بابها خلفه، فيصبح حبيسًا داخلها.
عقد حاجبيه يفكر في هذه الوسيلة، التي بدت له بدائية للغاية، ثم هز رأسه، قائلًا:
- لا.. ليست بالوسيلة المناسبة.
قالت في ضجر:
- ضع لها بعض السم في قطعة لحم صغيرة إذن.
أجابها في جدية:
- لن يخدعهم هذا.
أطلقت ضحكة عالية، وقالت:
- لماذا؟.. أهي فئران ذكية إلى هذا الحد؟
كاد يشرح لها الأمر، ويؤكد لها أن الجرذان التي يواجهها ذكية بالفعل، إلا أنه لم يلبث أن تراجع عن هذا، لثقته بأنها لن تستوعب الأمر، واكتفى بأن تمتم:
- ربما كانت كذلك بالفعل.
قالت ساخرة:
- لا تعاملها كفئران إذن.
لم ينتبه إلى رنة السخرية في صوتها، وإنما أومأ برأسه قائلًا:
- أنت على حق.
أدهشها أن أسرع ينصرف، بعد هذا القول، فتابعته ببصرها في حيرة، قبل أن تهز رأسها في أسف، قائلة:
- يا لحظي في الزواج!
أما هو، فقد اتجه على الفور إلى معمله، وأغلقه خلفه في إحكام، ودفع صندوقًا صغيرًا نحو الفجوة؛ ليسدها تمامًا، قبل أن يبدأ عمله..
وانهمك في عمل بالغ الدقة..
كان يصنع جهازًا إليكترونيًا خاصًا، انتهى من صنعه في ساعة كاملة، ثم راح يثبت جزئيه في نقطتين متقابلتين عبر المعمل، حتى انتهى من عمله، فاعتدل يتأمل نتيجته في ارتياح، وقال:
- سأتعامل معها كما ينبغي.
فرك كفيه مزهوًا بعمله، وهو يزيح الصندوق الصغير جانبًا، كاشفًا الفجوة، ثم يغادر معمله..
لقد صنع السلاح المناسب لهم..

عندما يعبر هؤلاء الجرذان الفجوة في المرة القادمة، لسرقة أداة إليكترونية أخرى من معمله، سيقطعون بأجسادهم خيطًا غير مرئي من الأشعة دون الحمراء..

وعندئذ يعمل جهازه..

سينطلق جهاز إنذار خاص، ويسقط حاجز أمام الفجوة..

وسيسجن الجرذان في معمله..

ابستم في سعادة لبراعة فكرته، وقضى ما تبقى من يومه في لهفة لقدوم الليل، وبدء حربه الخاصة..

وخيل إليه أن الدقائق تمضي كالساعات، والساعات تسير كالدهور..

ولكن لكل شيء نهاية..

أقبل الليل، ومد أستاره على الدنيا كلها، وأخلدت معظم مخلوقات الله (عز وجل) إلى النوم، فيما عدا القليلين منهم..

ومن هؤلاء القليلين كان (مهيب)..

والجرذان..

وبالنسبة لـ(مهيب) مضى الليل بطيئًا، دون أن يغمض له جفن..

ثم انطلق الإنذار فجأة..

ومع انطلاقته، انتقض جسد (مهيب) في شدة، وهبت زوجته من نومها مذعورة، وتشبثت به في ذعر، هاتفة:

- ماذا يحدث؟

أزاح يدها في انفعال، وهو يقول:

- لا شيء.. عودي إلى النوم.. إنها تجربة صغيرة، كنت أجربها في معملي.

تمتمت في دهشة:

- تجربة؟!

أجابها وهو يرتدي خفيه في سرعة:

- نعم.. تجربة.. هيا.. عودي إلى النوم.

ارتفع حاجباها في دهشة، وهي تراقبه يهرع خارج الحجرة، ثم لم تلبث أن غمغمت في أسى:

- ما أسوأ حظي في الزواج!

وعادت تغرق في نوم عميق..

وفي نفس الوقت، كان (مهيب) قد بلغ معمله، واللهفة تملأ جسده، ولكن فجأة تلاشت كل هذه اللهفة، عندما بلغ باب المعمل..

تلاشت ليحل محلها الخوف، الممتزج بالكثير من القلق..

كيف سيواجه هذه الجرذان..

هل نسى أنها تحمل مدافع ليزر صغيرة، نجحت في صنع فجوة في باب معمله؟..

ماذا لو أنها أطلقت هذه المدافع عليه؟..

أقلقه هذا الخاطر لحظات، تسمر خلالها أمام باب معمله، ثم لم يلبث فضوله أن هزم قلقه، فقال في توتر:

- لن تقتلني تلك المدافع الصغيرة حتمًا.

تشبث بالفكرة، وتحرك بسرعة، خشية أن يعاوده خوفه، ففتح باب المعمل، ودلف إليه في خفة، ثم أغلق الباب خلفه في إحكام، وأضاء الأنوار.. وتحت الأضواء القوية، بدا له المعمل خاليًا..

خاليًا تمامًا..

وامتلأت نفسه بالدهشة..

لقد انطلق الإنذار بالفعل، وهذا يعني أن جسمًا ما قد عبر خيط الأشعة دون الحمراء، وأغلقت الفجوة خلفه..

فأين هذا الجسم؟..

أين الجرذان؟..

درات عيناه في أرجاء المعمل كله، ثم توقفت عند مكتبه، وصوان الأدوات الصغير المجاور له..

هذا هو المكان الوحيد الصالح للاختباء..

اتجه بسرعة نحو مكتبه، وراح يفحص أدراجه في حذر..

ولكن الأدراج كلها كانت خالية..

وتضاعفت حيرة (مهيب)..

كيف انطلق الإنذار إذن؟..

كيف عمل، دون أن يخترق شيء ما خيط الأشعة دون الحمراء؟..

وفجأة وقع بصره على خزانة الأدوات الصغيرة، وبالتحديد على تلك الفرجة الضئيلة، بينه وبين زاوية الحائط..

كانت مسافة صغيرة بالنسبة لقط، لكنها كبيرة بالنسبة لجرذ..

نعم.. إنها أصلح مكان للاختفاء..

مكث يتطلع إلى المسافة المظلمة في حذر، ثم لم يلبث أن حسم أمره، وقرر فحصها..

وفي حزم، أزاح مكتبه جانبًا، ثم ركع على ركبتيه، وانحنى ينظر في الفرجة المظلمة..

وانتفض جسده..
كانت هذه العيون الصغيرة تحدق فيه وسط الظلام..
ثم تألق جسم بالغ الصغر..
وانطلق خيط من الأشعة..
وأظلمت الدنيا أمام (مهيب) تمامًا..
وهوى..

❀ ❀ ❀

الفصل الثالث

"لقد عثرت عليه في هذا الوضع"...

تسللت هذه العبارة، بصوت زوجته إلى أذنيه، مخترقة حاجزًا من الصداع والألم، جعله يغمغم:

- أين أنا؟

عاودته ذاكرته في بطئ، وهو يفتح عينيه، والمشهد يبدو أمامه مهتزًا مشوشًا، ثم يتضح تدريجيًا، ويبدو فيه وجه صديقه (خالد)، وهو ينحني نحوه في قلق، ومن خلفه وجه زوجته، التي تقول في لهفة:

- لقد استعاد وعيه.

أمسك (خالد) كتفيه، وسأله في اضطراب:

- ماذا حدث يا (مهيب)؟

أجابه وهو يقاوم ذلك الرنين المؤلم، الذي يعصف برأسه:

- لقد أطلقوا علي أشعة الليزر.

عقدت زوجته حاجبيها في دهشة، في حين سأله (خالد) في حيرة:

- أشعة الليزر؟!.. من هؤلاء؟

أجاب ممسكًا رأسه من الألم:

- الجرذان.

اتسعت عينا (خالد) في دهشة، وتراجعت زوجة (مهيب) في حدة، وراحت تحدق في وجه زوجها، كما لو كانت تنظر إلى مجنون، و(مهيب) يستطرد في توتر:

- انظر.. لقد أصابتني الأشعة في منتصف جبهتي تمامًا.. هل ترى الثقب الذي تركته فيها؟

التقى حاجبا (خالد)، وهو يقول:

- لا توجد ثقوب.

ثم التفت إلى زوجة (مهيب)، وأضاف:

- سيدتي.. أظن زوجك يحتاج إلى قدح من القهوة المركزة.

تطلعت إليه الزوجة في صمت، ثم أسرعت تغادر المكان، وكأنها ترحب بابتعادها عن وكر الجنون هذا، في حين عاون (خالد) صديقه على النهوض، وأجلسه على مقعده الخاص، وهو يسأله:

- أخبرني الآن، ماذا حدث بالضبط؟

أجابه (مهيب)، وآلام رأسه تتلاشى في بطئ:

- هل تذكر فئران مركز البحوث؟.. تلك الجرذان الهاربة.. إنها هنا.

تراجع (خالد)، هاتفًا في دهشة:

- هنا؟!

أومأ (مهيب) برأسه إيجابًا، وقال:

- نعم.. هنا.. إنها تحاول سرقة بعض معداتي الإليكترونية؛ لصنع سلاح جديد، يمنحها المزيد من القوة، و...

قاطعه (خالد):

- (مهيب).. ماذا بك؟.. يبدو أنك قد أرهقت نفسك في العمل.

صاح (مهيب) في عصبية:

- أتظنني قد أصبت بالجنون؟

أجابه (خالد):

- لا يا (مهيب).. بالتأكيد لا.. وإنما تبذل جهدًا زائد في عملك، و...

قاطعه (مهيب) في حدة:

- لا يا صديقي.. لست واهمًا أو مجنونًا.. انظر هناك.. لقد وضعت خلية كهروضوئية هنا، لضبط من يتسلل عبر الفجوة.. انظر إليها.. لقد حطمها هؤلاء الجرذان، بعد أن أفقدوني الوعي، وأراهنك أنهم قد سرقوا شيئًا آخر.

فتح أدراج مكتبه في عصبية، وراح يفحص أشياءه، ثم صاح:

- أرأيت؟ لقد سرقوا واحدة من شاشات الكوارتز البالغة الدقة.. أرأيت؟

شعر (خالد) بقلق حقيقي تجاه صديقه، فنهض يربت على كتفيه، ويغمغم مشفقًا:

- لا بأس يا (مهيب).. أنا أصدقك.

صرخ (مهيب):

- بل أنت تتصور أنني مجنون.

سمع (خالد) ارتجافة قدح القهوة، في يد الزوجة، التي عادت إلى المعمل في هذه اللحظة، ولكنها لم تحاول تجاوز بابه، فأسرع يلتقط منها قدح القهوة، وهو يقول:

- شكرًا يا سيدتي.

همست الزوجة في ارتياع، وهي تتطلع إلى زوجها:

- أخبرني يا أستاذ (خالد)، ولا تحاول إخفاء الأمر عني.. هل أصيب بالجنون؟

حاول (خالد) أن يبتسم، أو يدفع بعض الثقة في صوته، وهو يقول:

- لا يا سيدتي.. أؤكد لك أن هذا لم يحدث.

ولكن صوته خلا من تلك النبرة الواثقة، التي عجزت عن تجاوز قلقه وشكوكه، فجاءت أشبه بإقرار تام بالأمر، فاتسعت عينا الزوجة هلعًا، وهتفت:

- هل أتصل بمستشفى الأمراض الـ.....

قاطعتها صرخة (مهيب) الغاضبة:

- أي مستشفى أيتها المأفونة؟.. اذهبي إلى حجرتك.. هيا.

ركضت الزوجة مبتعدة عن المعمل في ذعر، في حين تنحنح (خالد) في حرج، وقال وهو يضع قدح القهوة أمام صديقه:

- اغفر لي تدخلي في شئونك الشخصية يا صديقي، ولكنني أظنك تسيء معاملة زوجتك كثيرًا، في حين أنها كانت شديدة الذعر والقلق، عندما عثرت عليك فاقد الوعي هنا، ومن الواضح أنها تحمل لك الكثير من الحب، و...

قاطعه (مهيب):

- دعك من مشاكلي العائلية الآن، وأخبرني: ألا توجد أية ثقوب في جبهتي حقًا؟

تطلع إليع (خالد) في دهشة، وأجاب:

- لا توجد أية ثقوب بالتأكيد يا (مهيب)، ولكن لماذا تتصور وجودها؟

تراجع (مهيب) في مقعده متوترًا، والتقط قدح القهوة، وأفرغه كله في جوفه دفعة واحدة، ثم سعل وتنحنح، وسأل صديقه، وقد استعاد شيئًا من هدوئه:

- قل لي يا (خالد): لماذا تظنني فقدت الوعي هنا؟

هز (خالد) رأسه في حيرة، وقال:

- أتمنى أن أعلم.

مال (مهيب) نحوه، وقال:

- اسمعني جيدًا إذن، وحاول أن تبعد عن عقلك فكرة إصابتي بالجنون، وستجد أنني على حق، على الرغم من غرابة الأمر.

راح يقص ما دار بخاطره، وكل ما حدث، على مسامع صديقه، الذي استمع إليه في دهشة، وكثير من الشك وعدم التصديق، حتى انتهى (مهيب) إلى لحظة انطلاق الأشعة نحوه، وفقدانه الوعي، فهتف (خالد) في دهشة:

- هل رأيت تلك الجرذان بالفعل؟

أجابه (مهيب) في حماس:

- رأيت عيونها الصغيرة، وهي تتألق في الظلام، قبل أن تطلق أشعتها نحوي.

تراجع (خالد) في دهشة، وراح يهز رأسه في حيرة، ثم قال:

- ولكنها لم تطلق عليك أشعة الليزر بالتأكيد، فرأسك لا يحمل أية آثار للإصابة بها.

قال (مهيب):

- إنه نوع آخر من الأشعة إذن، فمن المحتمل أن هذين العالمين في مركز البحوث يخفيان نوع الأشعة الحقيقي، أو أنهما مضطران لإخفائه، لأسباب عسكرية، ولكنني شعرت بآلام مبرحة في رأسي، عندما أصابتني هذه الأشعة.

زوى (خالد) ما بين حاجبيه، وقال:

- هذا عجيب!!

ثم نهض مستطردًا:

الأمر يحتاج إلى بحث جاد يا صديقي.. وعلى أية حال، سأحاول أنا من ناحيتي دراسة الأمر، وسؤال عالمي مركز البحوث عن حقيقة هذه الجرذان.

سأله (مهيب) في لهفة:

- أتظنهما سيخبرانك بالحقيقة؟

هز (خالد) كتفيه، وقال:

- لا بأس من المحاولة.

انصرف (خالد)، والشك يمتزج في أعماقه بالحيرة، في حين بقي (مهيب) يتطلع إلى معمله، ويغمغم:

- نعم.. لا بأس من المحاولة.

تذكر موقفه مع زوجته، فغادر معمله، وبحث عنها في الفيلا، حتى عثر عليها تبكي في حجرة نومها، ولم تكد تراه حتى انكمشت على نفسها في خوف وذعر، فابتسم محاولًا تخفيف توترها، وجلس إلى جوارها على طرف الفراش، وأحاط كتفها بذراعه، وهمس:

- أنا أعتذر.. لقد كنت سخيفًا معك بالفعل.

تطلعت إليه في دهشة؛ فلم يسبق له أن جاهر قط بالاعتذار، منذ خطبتهما وزواجهما، فمسحت دموعها بأناملها، وتمتمت:

- إنني حزينة من أجلك.

أدرك ما تعنيه، وأنها لن تفهم ما يحدث، فأجبر نفسه على الابتسام في مرح زائف، وهو يقول:

- أتقصدين قصة الجرذان؟!.. إنه حلم يا عزيزتي.. حلم سخيف، أو هو كابوس هاجمني، وأنا فاقد الوعي، وعند استعادتي وعيي، خيل إلي أنه حقيقي.. أنت تعلمين تشوش الذهن، عندما يستعيد المرء وعيه.
سألته في دهشة:
- ولكن لماذا فقدت الوعي؟
أجابها في سرعة:
- انزلقت وأنا أفحص المكتب، فارتطم رأسي بخزانة الأدوات الصغيرة.. هذا كل شيء.
تطلعت إليه لحظات في شك، ثم تنهدت قائلة:
- كل هذا من أجل الجرذان؟!
ابستم مرغمًا، وقال:
- وماذا أفعل؟.. إنه نوع سخيف من الجرذان، لا تخدعه المصائد العادية.
قالت في خفوت:
- استخدم الدقيق إذن.
سألها في دهشة:
- أي دقيق؟
ابستمت وهي تجيب:
- إنها وسيلة قديمة، كانت تستخدمها جدتي؛ لمعرفة أوكار الجرذان، والقضاء عليها في جحورها.
اعتدل في اهتمام شديد، وسألها:
- كيف؟
أجابته، وقد أسعدها اهتمامه بحديثها:
- كانت جدتي تنثر بعض الدقيق في أرضية المطبخ، لتنطبع فوقه آثار أقدام الجرذان، فتعلم جدتي من أين جاءت، وإلى أين تذهب، و...
قفز من مكانه، مقاطعًا إياها بهتاف مدو:
- نعم.. هو ذا.
تراجعت في دهشة وخوف، وهي تقول:
- ماذا حدث؟
انحنى يقبل وجنتيها في حرارة، وهو يهتف:
- لقد ساعدتني كثيرًا يا عزيزتي.. شكرًا لك.. شكرًا لك.
وانطلق يعدو عائدًا إلى معمله، واتسعت عيناها هي في دهشة، ثم انحدرت دمعة حزن من عينيها، وهي تغمغم:

- يا لحظي!!

وفي معمله، بحث (مهيب) في أدراج المكتب في لهفة، ثم انتزع بخاخة صغيرة ورفعها أمام عينيه، وقال في انفعال.

- أخيرًا سيمكنني استغلال هذه الهدية.

وفي حماس، راح ينثر السائل الخفيف غير المرئي، على أرضية المعمل، وهو يتراجع في حذر..

كان هذا السائل من نوع خاص، لا يمكن رؤيته إلا بوساطة منظار خاص، وكان المفروض أن يستخدمه لرش أجزاء بالغة الدقة، تمثل بعض الدوائر الخاصة، بحيث يمكنه وحده تعرفها باستخدام المنظار، وقت اللزوم..

وعندما بلغ باب المعمل، ابتسم (مهيب) في ارتياح، وقال :

- هكذا سأعلم من أين تأتون أيتها الجرذان الكريهة.

قضى يومه هذا مرحًا، بعد أن انتهى من وضع هذا الفخ المبتكر، وشعرت زوجته بالدهشة، لاهتمامه البالغ بها طيلة الوقت، ولكن هذا أسعدها كثيرًا، فتلاشت معه دهشتها، واكتفت بالاستمتاع بوقتها معه..

ومع مقدم الليل، انتهت لحظات الاستمتاع، فقد عاد (مهيب) عصبيًا متوترًا، مما جعلها تقول في ضجر :

- حسنًا.. أظنني سآوي إلى فراشي مبكرًا الليلة.

غادرته إلى حجرة نومها، في حين شعر هو بتوتره يتزايد، وراح يدور حول نفسه في عصبية، ويتجه نحو معمله، ثم يتراجع، حتى هتف فجأة:

- لن يضيرني أن ألقى نظرة.

وضع المنظار الخاص فوق عينيه، واتجه في حزم إلى معمله، وفتح بابه.. وخفق قلبه في عنف..

كان من الواضح أن كائنات دقيقة قد خطت فوق السائل، و....

وفجأة ارتفع رنين الهاتف..

وانتفض جسده في عنف، مع الرنين المباغت، وهتف في حنق:

- اللعنة!.. يا له من وقت غير مناسب على الإطلاق..

راودته فكرة تجاهل رنين الهاتف، إلا أنه خشى أن يكون المتحدث هو صديقه (خالد)، حاملًا معلومات جديدة، فأسرع يلتقط الهاتف، قائلًا:

- من المتحدث؟

كان تخمينه صحيحًا، وأتاه صوت صديقه (خالد)، يقول:

- إنه أنا يا (مهيب)، لن تصدق ما علمته من مركز البحوث.

سأله في فضول شديد:

- ما الذي علمته؟

كانت المفاجأة التي يحملها (خالد) مذهلة بحق، انتفض لها عقل (مهيب) وسط جمجمته، عندما قال (خالد):

- لقد عادت الجرذان.

اتسعت عينا (مهيب)، وهو يهتف:

- عادت؟!

أجابه (خالد):

- نعم.. لقد انتحلت شخصية صحفي، والتقيت بعالمي مركز البحوث، وسألتهما عن مصير الجرذان الهاربة، فأخبراني أنها عادت إلى أقفاصها بعد ساعات من فرارها، ولكن الصحفي الذي نشر خبر الفرار، لم يجد أن خبر العودة يحمل نفس الإثارة، فتجاهل نشره.

لم يكن (مهيب) يستمع إلى التفاصيل، بل كان عقله كبركان يغلي..

كيف عادت الجرذان؟..

ما الذي يحاربه في منزله إذن؟..

ما الذي..؟

توقفت أفكاره بغتة، واتسعت عيناه في ذهول، من خلف المنظار الخاص، وهو يحدق في تلك الآثار الضئيلة، التي تركتها أقدام الكائنات الصغيرة، والتي تمتد إلى خارج المعمل..

فعلى الرغم من صغر الآثار الشديد، أمكنه تمييزها بوضوح..

كانت آثار أقدام..

أقدام بشرية..

الفصل الرابع

ارتفع صوت (خالد)، عبر الهاتف، يقول:

- هل تسمعني يا (مهيب)؟.. هل تسمعني؟

قالها في انزعاج كامل، بعد أن مضت دقيقة كاملة، لم يسمع خلالها صوت صديقه، وانتزع (مهيب) نفسه من ذهوله، وهو يتمتم:

- نعم يا (خالد).. أسمعك.. ولقد فهمت.. فهمت كل شيء.

قال (خالد):

- لا تجعل هذا يقلقك يا صديقي، إنه بعض إرهاق العمل، و...

قاطعه (مهيب):

- بالتأكيد يا صديقي.. بالتأكيد.

وأعاد سماعة الهاتف إلى موضعها، وعيناه مركزتان على آثار الأقدام البشرية البالغة الدقة، التي تعبر الممر الطويل، الذي يقود إلى معمله..

وفي آلية كاملة، راح (مهيب) يتعقب آثار الأقدام، عابرًا ردهة الفيلا، ومتجهًا إلى سلمها الخارجي، الذي يقوده إلى سطحها..

وعلى السطح، كانت آثار الأقدام تتجه نحو حجرة قديمة مهجورة، كانت والدته تستخدمها في حياتها لتخزين بعض المواد التموينية، فتبع (مهيب) الآثار، وفتح باب الحجرة القديمة، التي تهدم الجزء الأكبر من سقفها، و...

واتسعت عيناه في دهشة...

فهناك، في ركن الحجرة، كان يستقر هذا الشيء..

شيء أشبه بطبق مقلوب، لا يزيد قطره على نصف المتر، في حين تتألق أعلاه كرة مضيئة، وتبدو فيه ثقوب دقيقة، يشع منها الضوء..

وفي انبهار كامل، انحنى (مهيب) يفحص هذا الشيء..

كان أشبه بطبق طائر، من تلك الأطباق التي يتحدثون عنها، ويصفونها بأنها أجسام مجهولة الهوية، تأتي من كواكب أخرى..

ولكن أهي صغيرة الحجم إلى هذا الحد؟..

وفجأة برزت أمامه تلك العيون الصغيرة..

وتراجع (مهيب) في ذعر..

واتسعت عيناه في ذهول..

كانت أمامه ثلاثة مخلوقات صغيرة، تشبه البشر في تكوينها، فيما عدا أن حجم الرأس إلى الجسد كان أكبر من نسبة حجم رأس البشر إلى أجسادهم، وكانت العيون واسعة كبيرة..

وفيما عدا أن هذه المخلوقات كانت في حجم الجرذان..

مخلوقات صغيرة للغاية، يتناسب حجمها مع حجم طبقها الطائر..

ورفع أحد هذه المخلوقات بندقيته نحو (مهيب)، الذي تراجع هاتفًا في ذعر:

- لا.. ليس مرة ثانية.

كان يتوقع أن تنطلق الأشعة نحوه، ولكن المخلوق الثاني أمسك يد رفيقه، وتحدث إليه بلغة عجيبة، فخفض بندقيته في طاعة، مما جعل (مهيب) يتنهد قائلًا:

- آه.. شكرًا لك.

أدهشة أن أجابه المخلوق الصغير، بلغة عربية سليمة:

- إننا لم نقصد أبدًا الإساءة إليك.

هتفت في دهشة:

- هل تتحدث العربية؟

أجابه المخلوق بصوته الخافت:

- إننا نتحدث سبعًا من لغات كوكبك، فنحن نراقبكم منذ زمن طويل، ونقوم برحلات دورية إلى هنا، ولكن مركبتنا أصيبت بعطب هذه المرة، واضطررنا للهبوط بها على سطح منزلك، وكان هذا من حسن حظنا في الواقع، فلقد وجدنا لديك كل ما نحتاج إليه لإصلاح مركبتنا، ولكن.

سأله (مهيب) في اهتمام:

- ولكن ماذا؟

تنهد المخلوق، وقال:

- يبدو أننا لا نمتلك الخبرة الكافية، فكلنا رجال فضاء، وليس بيننا فني واحد، ولو لم ننجح في إصلاح مركبتنا، قبل شروق شمس الغد، فلن يمكننا اللحاق بالسفينة الأم أبدًا.

تأمل (مهيب) الطبق الطائر الصغير، وسأل في اهتمام:

- هل يمكنني المحاولة؟

تطلع الثلاثة بعضهم إلى البعض في دهشة، ثم غمغم الأول، الذي بدا وكأنه أكبرهم رتبة:

- هذه الأجهزة متطورة للغاية عن عالمكم، ولكن..

صمت لحظات، وكأنه يدرس الأمر في عقله، ثم هز كتفيه، قائلًا:

- ولم لا.. إنك خبير بالأجهزة الدقيقة، وليس لدينا ما نفقده.

تهللت أسارير (مهيب)، وهتف:

- شكرًا لك.. شكرًا لك.

اندفع إلى معمله كالصاروخ، وعاد منه يحمل مصباحًا ضوئيًا كبيرًا، وكل أدواته الدقيقة..

وطوال خمس ساعات كاملة، راحت أصابعه الخبيرة توصل بعض الأسلاك البالغة الدقة، وتضيف بلورة طاقة هنا، وتبدل أخرى هناك، وتختبر ثالثة بينهما..

ومع نسمات الفجر الأولى، كان قد انتهى من عمله..

ونجح..

وهتف المخلوق الفضائي في سعادة:

- أنت عبقري أيها الأرضي.. عبقري بحق.

ثم أخرج من الطبق الطائر درعًا، ناوله إلى (مهيب)، مستطردًا:

- كنا نتمنى أن نهدي إليك هدية عظيمة، ولكنني لا أمتلك هنا سوى هذا الدرع، الذي يحمل شعار كوكبنا، وأنا أهديه إليك، رمزا للصداقة بيننا.

التقط (مهيب) الدرع بسبابته وإبهامه، وابتسم قائلًا:

- يكفيني وصفك إياي بأنني عبقري.

ابستم له المخلوق، وقال:

- هذه حقيقتك.. معذرة أيها الأرضي.. سنضطر لمفارقتك الآن، حتى يمكننا اللحاق بسفينتنا الأم.

سأله (مهيب) في لهفة:

- هل ستعودون؟

هز المخلوق رأسه، وقال:

- من يدري؟ ربما.

لوح لهم (مهيب) بكفه، وهم يستقلون مركبتهم، وتراجع والمركبة تنطلق، عبر الجزء المهدم من السقف، وتبتعد بسرعة خرافية، وغمغم:

- إلى اللقاء.

ثم ابستم مستطردًا:

- أيها الجرذان.

✿✿✿

"استقيظ يا (مهيب)"...

فتح (مهيب) عينيه، على صوت زوجته، وتطلع إليها في حيرة، قائلًا:

- ماذا هناك؟

ابتسمت قائلة:

- يخيل إلي أنه كابوس، فقد كنت تردد عبارة واحدة في نومك.
سألها في دهشة:
- أية عبارة؟
قلدت صوته وهي تبتسم، قائلة:
- إلى اللقاء أيها الجرذان.. إلى اللقاء أيها الجرذان.
حدق في وجهها بدهشة وأسف..
إذن فكل هذا مجرد حلم..!!
حلم صنعه عقله الباطن، لمواجهة هذا الجرذ، والذي تسلل إلى معمله..!!
شعر بأسف حقيقي؛ لأن كل هذا لم يحدث بالفعل، وآلمه ذلك الصداع، الذي يكتنف رأسه، فجلس على فراشه، وقال لزوجته في ضيق:
- حسنًا.. لا داعي للسخرية من مجرد حلم.. أريد فنجانًا من القهوة.
انحنت أمامه في مرح، وهي تقول:
- كما يأمر مولاي.
سألها وهي تغادر الحجرة إلى المطبخ.
- أين أقراص معالجة الصداع؟
أجابته في مرح:
- إلى جوار الفراش كالمعتاد يا ملك الصداع.
مد يده يلتقط واحدًا من أقراص الصداع، ثم تجمدت أصابعه، وهو يحدق في ذلك الشيء، الذي يستقر إلى جوار شريط الأقراص..
كان درعًا صغيرًا، يحمل شعارًا لا ينتمي إلى كوكبنا..
شعار الجرذان..